Alessandro Mosso

Un Randagio in "pandemia"

(sopravvivenza e opportunismo)

Questo breve racconto è dedicato agli amici che ogni giorno si prodigano per aiutare gli animali. Per nulla sconfitti, ma vittoriosi per averci provato ogni giorno, senza se e senza ma.

Grazie per gli Animali

Se non agisci approvi. Se non li combatti, allora non vinci. Non perdere tempo a parlare della "causa" bevendo gin al pub. Va là fuori e vincila.

Barry Horne

- 2 -

Prefazione

Come tutti i suoi lavori, anche questo è incentrato nell'amore verso gli ultimi senza parola. Piccoli racconti di vita vissuta, leggermente romanzati.

Potrebbe sembrare ripetitivo nei suoi racconti, ma in realtà affronta tematiche che non vengono viste dalla maggioranza delle persone.

Sarebbe troppo facile parlare di argomenti accattivanti per la massa. Questi sono racconti di nicchia, volti ad aprire la mente delle persone, le quali il più delle volte sono indifferenti alla sofferenza e alle atrocità commesse nei confronti degli Animali.

Personalmente sono felice che qualcuno tratti certi argomenti in modo fluido e senza pretese di annoverarsi tra gli scrittori "in voga".
Un plauso e un ringraziamento personale ad Alessandro Mosso amico sincero e sempre pronto ad aiutare.
Vittorio

Quando non sarai più parte di me, ritaglierò dal tuo ricordo tante piccole stelle, allora il cielo sarà così bello che tutto il mondo s'innamorerà della notte.

William Shakespeare

Un Randagio in pandemia

Gennaio 2019, sotto a un ponte nella città delle cento chiese, Piacenza, cinque cuccioli lasciati lì, senza cibo ne acqua, lasciati a morire di stenti. Solo perché qualcuno, fregandosene della vita di altri esseri viventi, ha deciso che doveva sbarazzarsene.

La storia di Rambo è la storia di un cane qualunque, perso nella vita odierna, con tutte le difficoltà che affliggono un Animale che vive in questo mondo che non guarda in faccia nessuno, tantomeno chi non ha voce, ma Rambo vuole raccontare la sua storia, ed ecco qui il suo percorso di vita.

Rambo

Allora, mi sono svegliato come tutti gli altri giorni, ho iniziato a girovagare per la città per cercare qualcosa da mettere sotto i denti, la vita del randagio è dura, anzi durissima, bisogna darsi da fare, non si può stare con le mani in mano.

Se sono arrivato fino ad oggi lo devo certamente alla fortuna, ma anche dal fatto che sono un tipo tosto, tostissimo, state tranquilli che ora vi racconto tutto per filo e per segno.

La vita di noi randagi, come stavo dicendo, non è facile, il più delle volte riceviamo un calcio sul di dietro. Altre volte troviamo qualcuno che prova empatia e ci regala un tozzo di pane, rinsecchito, ma gustoso di prima mattina.

Il freddo, il caldo e la pioggia poi non ne parliamo, bisogna sapersi arrangiare, ed io, si sappia, so arrangiarmi benone, d'altronde anche il nome che mi hanno dato quando ero cucciolo la dice lunga, Rambo, embè è tutto un programma non trovate?

Dunque, eccomi al racconto, da dove vengo? non ne ho idea, non so neanche chi fossero mio padre e mia madre, un giorno, i primi di gennaio 2019, mi ritrovai sotto ad un ponte insieme ad altri quattro miei simili, forse erano miei fratelli, oppure altri disgraziati come me, chi lo sa.

Fatto sta che fortunatamente, prima che morissimo tutti quanti, un gruppo di ragazzini ci presero. Ricordo ancora le parole tra loro "questo lo prendo io è troppo carino", "uhh che amore questo, è mio", non ero io ovviamente hahaha e poi all'ultimo una Piccola Umana disse "questo pulcioso bruttino rimasto lo prenderò io, porello", ecco quello ero io.

Da quel momento per me fu una festa ogni giorno, giochini, pappe ed erano pappe buonissime e le coccole, mamma mia quante coccole mi faceva la Piccola Umana.

Dormivo con lei, aveva 13 anni e per me era bellissima, la adoravo. Ci prendevamo cura l'uno dell'altra, guai a chi toccava le sue cose, ringhiavo molto forte. La parte più brutta della giornata era quando la Piccola Umana andava a scuola ed io restavo da solo, mi mancava tanto.

Ero talmente triste che rompevo e mordevo tutto e facevo pipì da tutte le parti. Si vedeva che i grandi della famiglia erano strani e si arrabbiavano, ma io non lo facevo apposta. Quando imparai a fare i miei bisogni fuori allora un po si calmarono.

Ma io ero sempre giù di morale quando la Piccola Umana andava a scuola, mi annoiavo e allora cercavo di giocare con i grandi, ma questi non volevano ed io per dispetto gli mordevo le ciabatte, dopo poco arrivava la mamma della Piccola e mi chiudeva fuori in balcone, ma io non lo facevo apposta, volevo solo giocare.

Faceva freddo su quel balcone, non vedevo l'ora che arrivasse la mia sorellina umana.

I mesi passarono tra alti e bassi, ormai ero convinto che quella era la mia famiglia, non poteva essere altrimenti.

Passarono sette mesi e stava iniziando l'estate, la piccola mi diceva "ora andiamo al mare, vedrai ci divertiremo insieme" ricordo quel giorno perché i grandi gridavano alla piccola che io non potevo andare con loro in vacanza e la piccola piangeva. "Ma insomma lo capisci che è un impiccio il cane in vacanza? Non lo vuole nessuno, ora papà lo porta da un amico e poi quando torniamo lo riprendiamo", era evidente che fosse una bugia, noi cani lo sentiamo subito se qualcosa non va.

Tuttavia, non capivo se era colpa mia, se avevo fatto qualcosa di sbagliato, proprio non capivo, ed ero accucciato ad un angolo, facevo il bravo e speravo che qualcosa cambiasse, invece il giorno dopo, il padre della Piccola Umana mi prese e mi portò lontano con la sua macchina.

Anche se dentro di me lo sapevo, speravo mi portasse da un amico, come aveva detto la madre e invece mi ritrovai legato a un palo della luce su una strada deserta. Non capivo, non riuscivo a capire, perché mi aveva lasciato da solo, avevo paura e mi mancava tanto la Piccola Umana.

Gridavo ehm cioè abbaiavo, e continuai a farlo per parecchio tempo, tiravo quella corda che mi faceva male al collo e alla fine si ruppe, avevo fame, tanta fame e dovevo fare la pipì, ma ero sconcertato, cercavo di tornare a casa, ma non trovavo la strada, dal portabagagli della macchina non avevo visto niente.

Iniziai a camminare spaurito e con la coda tra le gambe, già ma ormai avevo sette mesi, così almeno disse il dottore alla Piccola Umana prima che mi abbandonassero.

Ero grandicello, dovevo cavarmela in qualche modo, eppure chi mi incontrava diceva sempre "pussa via cagnaccio", anche i cani più grandi mi sgridavano e mi allontanavano.

Furono mesi brutti non lo nego, giravo e cercavo la mia casa, mi fermavo e cercavo cibo, pensavo alla Piccola Umana, che farà senza di me poverina, gli mancherò tanto di certo, come lei manca a me.

Passavo per lo più tra le campagne, incontravo parecchi amici animali, un giorno vidi un prato enorme e iniziai a correre come un matto, mi rotolavo e strappavo l'erba, mangiandone anche. Quando vidi un gruppo di animali strani, erano tutti insieme e mangiavano erba, un tizio fischiava e loro si raggruppavano. Insieme a loro ci stava un cane molto grande tutto bianco, mi somigliava un pochino, così guardingo mi avvicinai e questo mi disse "stai attento il padrone non è una brava persona, ma se gli piaci magari ti fa restare a controllare le pecore"

Così mi avvicinai a questo padrone e lui mi disse "ciao bello hai voglia di lavorare con le pecore, dai vieni con me".

Mi portò in un grande caseggiato e lì mi diede un piatto di pasta, ed era buono, erano parecchi giorni che mi non mangiavo bene, avevo deciso di fermarmi in quel luogo e li avevo trovato degli amici, pecore, cani gatti e galline, insieme giocavamo, correvamo e ci stava anche l'umano che ci dava il cibo.

Certo non era come stare con la Piccola Umana, ma in fondo stavo bene, mi mancava solo un po di amore. Tutto filava liscio, anche se ero sempre determinato a ritrovare la mia piccola sorellina.

Quella mattina sentivo gridare forte le pecore, pensai forse ci sono estranei e corsi a vedere cosa succedeva, vidi una cosa terribile, il padrone stava uccidendo i figli delle pecore, scappai senza pensarci due volte.

Ma perché il padrone era così cattivo, potevamo essere tutti felici e invece lui era un assassino.

Ricominciai a girare sulle strade e mi fermai in una località, gironzolavo qua e la, poi un giorno un tizio mi prese e mi portò a casa sua, la casa non era niente di che, però stavo bene, mangiavo e mi portava a passeggiare anche cinque, sei volte al giorno.

Sentivo sempre le stesse parole "lockdown" e "pandemia", e via giù in strada a passeggiare. L'unica cosa che non mi piaceva era che quando tornavamo a casa mi lasciavano sempre da solo sul terrazzo e nessuno mi faceva una carezza.

Non sentivo l'affetto e l'amore come quello della Piccola Umana. Non capivo perché mi portavano sempre a passeggio. Qualunque scusa era buona, la spazzatura, le sigarette e poi a casa mi ignoravano, avrei voluto giocare, addormentarmi sul letto, essere coccolato, ma niente di tutto questo.

Così passarono mesi di continue passeggiate, fino a quando un giorno, inaspettatamente, avevo due anni, il mio "amico" umano mi portò sulla solita strada deserta e mi attacco ad un palo e poi andò via.

Ero nuovamente abbandonato, a dire la verità, non mi mancava molto la famiglia dove mi ignoravano e mi facevano solo per passeggiare, inoltre, mi mancava ancora la Piccola Umana e ci pensavo spesso a lei, tutti i giorni.

La sera tardi, dopo che passavano macchine ignorandomi, si fermò un tipo molto strano in bicicletta, mi vide legato e avvicinandosi mi disse "ciao cucciolone, sei solo?" ma va, che domanda, certo che sono solo sigh!

Mi slegò e mi disse "vai, vai sei libero" e andò via, io lo seguivo e lui ogni volta si girava e mi diceva "vai via, ti ho detto che sei libero, non mi seguire" alla terza volta capii che dovevo arrangiarmi di nuovo da solo!

Scoprii più tardi che era finito questo "lockdown" e non servivo più per passeggiare, ecco perché mi facevano uscire tante volte al giorno, mi usavano, ma che cattivi questi umani, eppure io gli volevo bene!

Mi domando se anche tra loro utilizzano questi atteggiamenti, sfruttandosi a vicenda per trarne vantaggio personale. Certo se così fosse, dovrebbero imparare a vivere come noi animali, leali e buoni.

Ma bando alle ciance, torniamo alla mattina che mi svegliai per cercare la colazione.

La vita del randagio

Dopo due abbandoni, stavo per l'appunto girando per le strade e come al solito, ci stavano tanti pericoli che dovevo schivare, uno tra tutti, le macchine.

Questi umani correvano come matti, e dovevi stare attento perché ti faceva molto male se ti prendevano, un mio amico è rimasto sulla strada e non si è più rialzato. Un altro poveretto è stato portato via da qualcuno dopo che era stato investito e non si è più visto in giro.

Per l'appunto ero a zonzo per cercare da mangiare, quando improvvisamente vidi due o tre giovanotti che mi seguivano con dei bastoni in mano. Non ero in gran forma e non avevo ancora fatto colazione, quindi mi misi a correre e questi mi inseguivano gridando "vieni qua bastardo".

Bastardo a Rambo? Ma come vi permettete!

Mi girai di scatto e ringhiando facevo vedere loro i denti, questi si fermarono ed io presi il primo che mi capitò a tiro per un braccio, mordevo forte, gli strappai la giacca, scapparono impauriti come dei vigliacchi.

Continuavo a gridare "fatevi sotto vigliacchi, non la si fa facilmente a Rambo", ma perché sono così cattivi, ma che gli avevo fatto? Questi umani sono proprio strani, alcuni ti coccolano altri ti prendono a calci, mah!

Comunque tornai alla ricerca di cibo. Vidi da lontano un tizio che mangiava dai cassonetti, mi son detto, se mangia lui magari mangio anch'io.

Così mi avvicinai quatto quatto fin sotto le sue gambe, questo mi guardò e disse "hai fame?", ma va risposi io, ma credo mi abbia capito più dallo sguardo che dai miei abbai per lui incomprensibili. Mi diede un pezzo di pane mezzo morsicato ma buonissimo.

Da quel giorno giravamo insieme per le strade, lui si metteva seduto davanti a un negozio ed io accucciato accanto a lui, la gente passava e diceva "poverini" e metteva in una scatola delle monete.

A me poco interessava delle monete e dei commenti della gente, anche perché quando ero da solo mi prendevano a calci e mi dicevano pussa via cagnaccio e ora dicevano poverino! Valli a capire questi umani.

Comunque a me bastava che alla fine della giornata il tizio simpatico mi dava un tozzo di pane buono.

Dormivamo sotto un ponte, ma non era come quello dove ero stato trovato da cucciolo, li ci stava cibo acqua e una calda coperta dove appisolarmi, insomma, non stavo poi così male.

La sera a volte mi veniva la malinconia e ripensavo alla Piccola Umana, era amore tra noi e ci avevano diviso.

Mi addormentavo sempre pensando di correre felice insieme alla Piccola su prati verdi pieni di farfalle e cespugli dove nascondermi per poi saltare addosso alla mia sorellina per giocare e correre a perdifiato.

La gente passava e diceva "poverino quel cane con quel barbone disgraziato". Ma perché disgraziato, non faceva niente di male e poi qualche carezza me la dava durante le giornate.

Non era cattivo era solo sfortunato come me.

Il Canile (breve per fortuna)

Ma la sfortuna è sempre in agguato, quella mattina come al solito eravamo davanti al supermercato, si avvicinarono due tipe e chiedevano all'uomo informazioni su di me.

Litigavano e uscivano paroloni "questo è maltrattamento, ti denunciamo" e il tizio rispondeva "ma perché maltrattamento? è libero ed lui che sta con me, non l'ho cercato io, se lo volete prendetevelo".

Così mi presero, il tizio era triste e le tizie felici, io bo? Non sapevo che succedeva, per me erano novità.

Comunque ero felice, perché pensavo ad una casa e una ciotola e le coccole e le passeggiate, ero al settimo cielo e scodinzolavo di brutto, muovendo e ancheggiando come un pazzo e le tizie continuavano a dirmi "dai cucciolone che ora ti si trova una famiglia", evviva, pensai subito, mi portano dalla mia Piccola Umana.

Poi, le mie speranze andarono in fumo quando queste due tizie mi portarono in un posto che si chiama canile. Chiuso in una gabbia tutto il giorno, un pappone schifoso e gente che veniva e si portava via sempre qualcuno, ma mai me, d'altra parte ormai ero grande avevo quasi tre anni, almeno credo.

Tutto il giorno a fare niente, gli altri cani ululavano, piangevano, quando ci facevano uscire per quella mezz'ora d'aria era sempre legati e controllati a vista. Quello che stava insieme a me sembrava un matto, distruggeva tutte le coperte, le strappava e girava in tondo, per me stava impazzendo.

Non si poteva fare la cacca in pace, la guardavano e commentavano, ma ti pare che devi guardarmi anche la cacca? Ma che maniere dico io. Ero proprio stanco di stare in quel posto, dovevo fare qualcosa e subito.

Mentre ero intento ad osservare le mie cacche e cercavo di passare il tempo, arrivò quello che lavava le gabbie. Fu un attimo, mentre lui apriva la gabbia vidi il cancello del canile aperto, feci un balzo e iniziai a correre come un pazzo. In men che non si dica ero fuori, liberooooo.

Dopo aver fatto perdere le mie tracce, ricominciai a gironzolare per le strade e come al solito rieccomi alla ricerca di cibo e della Piccola Umana. E si, perché io volevo sempre ritrovarla, non mi arrendevo mica.

L'incidente

Vi ho raccontato dell'incidente? Mi sa di no.

Sarò ripetitivo, ma come sempre per noi cani tutto è incentrato sul cibo e sull'affetto, noi vogliamo bene a tutti, anche a chi ci maltratta, purtroppo.

E si, questo è il nostro difetto, non portiamo rancore e ci affezioniamo agli umani, a volte mi domando perché, visto che loro non sono tutti buoni.

Eppure noi questa differenza tra buoni e cattivi non la vediamo, ci dai un tozzo di pane e per noi sei già un amico.

Comunque, tornando all'incidente, erano circa le cinque del mattino, stavo attraversando una strada, quando all'improvviso mi giro e vedo una macchina che sta per venirmi addosso, cerco di scappare ma questa gira per non prendere un camion che veniva dalla parte opposta.

Insomma, ad un cero punto ho visto tutto nero e mi sono ritrovato ingarbugliato tra le lamiere della macchina e del camion. Sentivo tanto male e respiravo a fatica.

Poi non ho più visto niente, fino a quando aprii gli occhi e vedevo dei tizi intorno a me che mi toccavano, ma io non sentivo dolore e però non riuscivo a muovermi.

Sentivo uno che diceva "ci sta poco da fare, è messo male", e un altro "mi sa che forse è meglio procedere con l'eutanasia, tanto è un randagio", ma che roba era l'eutanasia? Mi domandavo.

Poi la ragazza che mi trovò esamine sull'asfalto disse, "non sembra soffrire, lo porto a casa con me per il momento e poi vedremo se si riprende e se risponde alle terapie. State tranquilli pago io le cure".

La mia voglia di vivere era tanta, dovevo tornare a poter slinguazzare la mia Piccola Umana.

Dopo molti giorni, finalmente iniziavo a bere un pochino di acqua e le pappe che mi preparava questa brava signora. Sentivo la tizia sempre al telefono che diceva "no, non posso tenerlo, bisogna trovargli un affido, aiutatemi io ne ho troppi". In effetti insieme a me ci stavano altri cinque o sei cani, erano tutti dei bonaccioni, mangiavano e dormivano tutto il giorno.

Ora le cose andavano meglio, questa signora mi portava a passeggio e poi mi riportava in questa specie di albergo per cani, era sempre pulito e mangiavo e bevevo, insomma non stavo male.

Tuttavia era arrivato il momento di tornare a cercare la mia sorellina umana. Ripetevo alla tizia, "ti ringrazio tanto ma devo proprio andare" ma lei sembrava non capire.

Quel giorno era bellissimo, io ero felice perché mi sentivo benissimo, così quando mi portò fuori per fare i miei bisogni, di nuovo scappai e corsi via.

Mi aveva messo qualcosa sul collo, diceva che si chiamava microchip "così se si perde lo ritrovi" dicevano qulli che volevano farmi l'eutanasia, bravi signori, molto attenti e umani.

Ma io non avevo nessuna intenzione di farmi ritrovare, libertà o morte, hahaha, ero il Che Guevara dei cani, a parte gli scherzi, quello che cercavo era di raggiungere l'amore, quello che avevo perso a sette mesi.

Quindi, ricominciai con la vita di tutti i giorni, incontravo umani buoni, umani cattivi, calci nel di dietro, tozzi di pane rinsecchito, insomma, la vita di sempre.

Nuda, cruda ma ricolma di felicità per la libertà che avevo ritrovato.

Negli ultimi anni, ormai ne avevo quattro, ed era un record per un randagio, trovai un luogo che non era niente male. Un piccolo circondario di edifici e tanti ragazzi che mi portavano cibo e acqua.

Credo fosse una scuola o qualcosa di simile, comunque giocavo ed ero felice in quel posto, tutto andava benone, ne avevo passate tante e di un po di tranquillità ne avevo diritto.

In effetti ero un po stanchino, ma vivevo tranquillo, una vita che ogni animale della terra avrebbe dovuto avere. La sicurezza di affetto sporadico da parte dei ragazzi e la tranquillità di un luogo pacifico.

L'incontro inaspettato

Era passato del tempo e in quel posto ormai ero come a casa, avevo sei anni, gironzolavo e giocavo con i miei amici umani, i quali ogni giorno mi portavano qualcosa da mangiare e mi davano attenzione, quella di cui avevo bisogno.

Avevano perfino fatto una cuccia bellissima, condividevo gli spazi con alcuni gatti, tra noi era una tregua calcolata, non ci infastidivamo perché eravamo in tranquillità e nessuno minacciava il nostro territorio.

I gatti possono essere a volte antipatici, ma sono comunque corretti e leali, non come certi umani.

Pensate che a volte mi facevano anche partecipare alle loro riunioni, tutti i ragazzi scrivevano e ascoltavano quello che diceva un tizio o una tizia che stava in fondo alla sala, li chiamavano professori.

Una mattina, una delle mie amiche umane mi portò in una di queste riunioni (loro le chiamavano lezioni), diceva che ci stava una supplenza e che voleva sapere chi fosse la persona che prendeva il posto del professore di filosofia.

Lei mi parlava e pensava che io non capivo, ma io capivo tutto ero un cane molto intelligente, per non vantarmi.

Così ci incamminando nell'aula, appena arrivati le mi disse "mettiti qui buono e zitto mi raccomando", ed io mi misi buono buono accucciato ad ascoltare come avevo già fatto altre volte con altri studenti.

Parlavano di un certo Socrate, pare che fosse un mezzo matto una specie di anarchico, libertario, fustigatore dei costumi senza per questo essere moralista. Era un senza patria.

Un custode geloso della libertà di parola e di espressione, che riteneva non passibile di falsificazione.

Mentre questa donna parlava di questo Socrate, improvvisamente mi si rizzarono le orecchie, scattai in piedi, gli studenti erano girati verso di me e anche quella professoressa si fermò e disse "è un cane quello che vedo da qui?", la mia amica trasalì "scusi prof., si è la mascotte dell'università, mi scusi lo porto subito fuori"

Ma io ero già giù dalle scale e mi stavo lentamente avvicinando alla professoressa, come quando un gatto si avvicina alla preda, più mi avvicinavo e più la voce che sentivo mi sembrava familiare.

Anche quella giovane professoressa era basita e anche lei si avvicinava in modo circospetto a me. Quando fummo vicini, io sentii subito il suo odore e lei mi riconobbe "Rambo! ma sei tu? Sei proprio tu?", fu un incontro indimenticabile, carezze, coccole e le mie leccate sul volto della mia piccola sorellina.

Gli studenti erano tutti senza parole, non capivano, non potevano capire, era tornato l'amore!

Quella giovane professoressa era la mia Piccola Umana. La mia sorellina s'inginocchiò piangendo e disse "Rambo, o mio dio sei proprio tu" era piena di lacrime che io continuavo a leccarla per la felicità, ero un fremito di felicità, lei mi abbracciava ed io la leccavo, sapete noi cani non abbracciamo ma lecchiamo per dimostrare il nostro affetto.

Mi portò a casa sua e trovai un'altra Piccola Umana era sua figlia, fu amore a prima vista. Da quel giorno vissi felice e contento, stavo sempre con la mia famiglia d'estate e d'inverno e dormivo a letto con la figlia della Piccola Umana.

Ogni giorno era felice, avevo la mia Piccola Umana che mi amava e l'altra Piccola Umana che mia amava anche di più. Ma devo essere sincero il mio amore per la mia sorellina di sempre era enorme, talmente grande che avevo occhi e orecchie sempre per lei.

E vissero felici e contenti direte voi, si certo, tuttavia, ci sta una morale in tutto questo. Io sono con la mia sorellina e vivo felice e contento dopo aver passato momenti brutti, ma penso a quanti miei fratelli subiscono le angherie che ho vissuto io e non hanno la fortuna di avere una Piccola Umana che li ama.

Ci sta dell'altro da sapere? Si, sentite cosa dicono i miei fratelli umani nella postfazione di questo racconto.

Ciao amici

Rambo

Postfazione

Una persona commette il reato di abbandono di animali se intenzionalmente, consapevolmente o incautamente o con negligenza criminale lascia un animale domestico o non più selvatico in un luogo senza provvedere alle cure continue di quell'animale. (In Italia l'abbandono è vietato i sensi dell'articolo 727 del codice penale, che al comma 1 recita: Chiunque abbandona animali domestici o che abbiano acquisito abitudini della cattività è punito con l'arresto fino ad un anno o con l'ammenda da 1.000 a 10.000 euro.) pene lievi rapportate al reato commesso, noi stiamo lavorando affinché queste pene vengano inasprite.

Sebbene la maggior parte delle persone riconosca che è sbagliato liberare i propri cani e gatti in natura, spesso si sorprende quando apprendono che è ugualmente illegale rilasciare altri animali che hanno vissuto in cattività. In effetti, molte persone continuano ad allevare animali deliberatamente e inconsapevolmente con l'intenzione di liberarli alla fine, questa pratica è sbagliata.

Ogni anno vengono abbandonati centinaia di animali domestici o non più selvatici, che vagano per il paesaggio urbano. Ancora più spesso, come associazione Animalisti ETS, riceviamo chiamate da persone che cercano luoghi "appropriati" per liberare i loro animali. Ovviamente cerchiamo di trovare una casa a questi animali disgraziatamente caduti nelle mani sbagliate e diciamo loro che è un reato farlo.

Troppo spesso questi abbandoni provengono anche da strutture che hanno allevato animali domestici come progetto di studi e vogliono sbarazzarsene una volta finito il loro progetto.

Abbandonare gli animali domestici o non più selvatici in natura è illegale, ecologicamente distruttivo e disumano. Gli animali domestici o non più selvatici, sono mal equipaggiati per la vita allo stato brado e molti muoiono di miserevole morte senza la cura e la protezione dei loro ex-amici umani. Per questi animali, la vita allo stato brado è lontana dalla libertà che il precedente proprietario avrebbe potuto immaginare, se lo ha immaginato.

Altri racconti dell'autore

"*Non sono una cavia*" piccolo libro dedicato ai ragazzi;

"*La tacchina in giallo*" il racconto di una storia realmente accaduta ma romanzata con personaggi inventati;

"*Vrije dieren*" la storia che in meno di due anni ha tramutato un cittadino da "normale" in attivista animalista, praticamente un ALF (Animal Liberation Front).

"*Il mese della Cicala*" La storia di un uomo come tanti che cerca e alla fine trova la felicità, con un finale inaspettato.

Ed infine questo testo che dovrebbe far riflettere.

Tutti questi  racconti sono acquistabili su Amazon

Independently published

Indice

Biografia dell'autore

Alessandro Mosso nasce a Roma il 20 marzo 1962 da famiglia borghese. All'età di 12 anni conosce ad Anzio Ruggero Orlando, amico e collega di suo padre dirigente RAI. Inizia così, con l'aiuto di Ruggero ad appassionarsi agli animali e in quel particolare momento agli uccelli.

Attualmente è Presidente dell'Associazione Animalisti ETS, vive Milano con sua moglie Francesca, Ella Stella ed altri animaletti.

Organizza campagne e iniziative per la difesa degli animali e dell'ambiente, da sempre si batte per un mondo dove ogni animale abbia eguale libertà e dignità dell'uomo.

Professionalmente opera dall'età di 20 anni nel campo delle costruzioni civili ed industriali, si diploma e si iscrive a Roma alla facoltà di architettura. Ha diretto e costruito come Project Manager molti edifici pubblici in Italia, in Olanda, in Egitto e in Francia.

Inizia il suo percorso da "difensore degli animali" all'età di 14 anni nella Lipu, dove comprende le difficoltà di questi ultimi nella vita di tutti i giorni. Dopo molti tesseramenti in varie associazioni italiane, si trasferisce per lavoro in Olanda, dove conosce attivisti per i diritti dei senza voce, da qui la sua vita cambia. Decide di intraprendere un'esistenza senza più sofferenza per gli animali.

Tornato in Italia, continua le sue battaglie con manifestazioni, cortei e presidi. Organizza e aiuta molti gruppi per diffondere la filosofia per la difesa dei senza voce, partecipando attivamente a progetti per la salvaguardia dell'ambiente e degli animali.

Scrive molti libri ma solo più tardi decide di pubblicarne alcuni per condividere le sue esperienze e provare a coinvolgere ancor di più le persone avvicinandole ad un'empatia sempre maggiore nei confronti dei non umani.

La sua frase più esplicativa nelle sue battaglie è quella di Publio Ovidio Nasone:

"Saevitia in bruta est tirocinium crudelitatis in homines"